Georg Meyer

Das Studium des öffentlichen Rechtes und der Staatswissenschaften in Deutschland

Antigonos

Georg Meyer

Das Studium des öffentlichen Rechtes und der Staatswissenschaften in Deutschland

Unveränderter Nachdruck der Originalausgabe von 1875.

1. Auflage 2024 | ISBN: 978-3-38642-321-2

Antigonos Verlag ist ein Imprint der Outlook Verlagsgesellschaft mbH.

Verlag: Outlook Verlag GmbH, Zeilweg 44, 60439 Frankfurt, Deutschland info@outlook-verlag.de
Vertretungsberechtigt: E. Roepke, Zeilweg 44, 60439 Frankfurt, Deutschland
Druck: Libri Plureos GmbH, Friedensallee 273, 22763 Hamburg, Deutschland

Das

Studium des öffentlichen Rechtes

und der

Staatswissenschaften in Deutschland.

————————

Das

Studium des öffentlichen Rechtes

und der

Staatswissenschaften in Deutschland.

Akademische Antrittsrede

von

Georg Meyer,

ordentlichem Professor der Rechte an der Universität Jena.

JENA

Verlag von Hermann Dufft.

1875.

Hochgeehrte Versammlung!

Auf allen Gebieten unseres öffentlichen Lebens sind im Laufe dieses Jahrhunderts und vor Allem innerhalb des letzten Jahrzehntes die tiefgreifendsten Umwälzungen vor sich gegangen. An Stelle der absolut-monarchischen Staatsordnung oder der einseitigen Vertretung privilegirter Stände ist die Mitwirkung des ganzen Volkes bei der Ordnung seiner Angelegenheiten durch Abgeordnete im Landtag und Reichstag getreten. Nach jahrhundertelangem vergeblichem Streben hat Deutschland die nationale Einheit errungen. Die Tage, wo eine gebildete Bureaukratie allein die waltung des Staates leitete, sind vorüber; jeder Staatsbürger wird berufen, sich in Gemeinde, Kreis und Provinz an der Lösung politischer Aufgaben zu betheiligen. In der Justiz verdrängen Oeffentlichkeit und Mündlichkeit das schriftliche und heimliche Verfahren, auch hier haben die gelehrten Juristen aufgehört, die alleinigen Träger der öffentlichen Functionen zu sein. Auf dem Lande und in den Städten ist die Arbeit von beengenden Schranken befreit worden. Die verbesserten Communicationsmittel haben nicht nur die Glieder desselben Volkes, sondern auch die verschiedenen Nationen einander näher gebracht, und der völkerrechtliche Verkehr reicht weit über die Grenzen des alten Europa hinaus. Bei den Berührungen der Staaten untereinander tritt nicht mehr die Verschiedenheit der Interessen und der dadurch hervorgerufene schroffe Gegensatz, sondern das Zusammenwirken zur Erfüllung der Staatsaufgaben in den Vordergrund. Und wenn bewaffnete Zusammenstösse entstehen, so sind sie nicht von jenen Gräueln und Schrecken begleitet, von welchen uns die Geschichte früherer Jahrhunderte erzählt; auch der Krieg hat einen gesitteteren und menschlicheren Charakter angenommen.

Man sollte denken, dass mit diesem Aufschwung des öffentlichen Lebens auch das Studium derjenigen Wissenschaften, welche vorzugsweise den Zwecken desselben zu dienen bestimmt sind das Studium der Rechts- und vor allen Dingen der Staatswissenschaften eine neue Belebung erfahren hätte. Leider aber zeigt uns ein Blick auf die thatsächlichen Verhältnisse der deutschen Universitäten, dass diese Vermuthung durchaus unbegründet ist. Weit entfernt, dass sich ein besonderer Aufschwung hinsichtlich des in diesen Fächern ertheilten academischen Unterrichtes nachweisen liesse, muss man im Gegentheil sagen, dass in den letzten Jahrzehnten ein entschiedener Rückschritt stattgefunden hat.

Ich spreche hier nicht von den juristischen Disciplinen, welche dem Studirenden der Rechtswissenschaften diejenigen Kenntnisse gewähren sollen, deren er zur späteren Ausübung des richterlichen Berufes in erster Linie bedarf. Die Vorlesungen über Institutionen, Pandekten und deutsches Privatrecht, über Civilprocess, Strafrecht und Strafprocess, über römische und deutsche Rechtsgeschichte, über Kirchenrecht werden heut zu Tage nicht weniger gelesen und nicht weniger besucht, als früher. Freilich ist auch in Bezug auf diese Fächer manche Reform nothwendig. Der Dualismus zwischen heutigem römischen und heutigem deutschen Privatrecht muss überwunden werden und eine einheitliche Vorlesung das gesammte jetzt geltende Civilrecht umfassen. Neben die Lehrvorträge müssen wissenschaftliche und praktische Uebungen treten. Aber es ist nicht meine Aufgabe, hier diese Fragen zu behandeln. Sie haben vor wenigen Jahren an derselben Stelle und bei einer ähnlichen Gelegenheit, wie heute, von berufenerer Seite eine Erörterung gefunden. Meine Absicht ist es, Ihre Aufmerksamkeit auf die Disciplinen des öffentlichen Rechtes und der Staatswissenschaften und die Stellung zu lenken, welche diese im System des academischen Unterrichtes einnehmen.

Ein unbefangener Blick auf die Zustände unserer Universitäten zeigt uns, dass das Studium des öffentlichen Rechtes und der Staatswissenschaften geradezu darnieder liegt. Von den Vorlesungen über öffentliches Recht erfreut sich nur das deutsche Staatsrecht einer allgemeinen Anerkennung bei Lehrenden und Lernenden, wird auf allen deutschen Universitäten sowohl gelesen, als gehört, offenbar deshalb, weil die Kenntniss desselben, ebenso wie die der vorher erwähnten juristischen Disciplinen, für die erste juristische Staatsprüfung erforderlich ist. Das früher so vielfach behandelte philosophische Staatsrecht besteht nicht mehr, und nur sehr vereinzelt begegnet man an einer Universität neben den Vorlesungen uber deutsches, auch noch einer solchen über allgemeines Staatsrecht. Völkerrecht wird an mehreren, Verwaltungsrecht an den meisten juristischen Facultäten gar nicht gelesen. Nicht besser steht es mit denjenigen staatswissenschaftlichen Vorlesungen, welche herkömmlicher Weise der philosophischen Facultät angehören. Von diesen wird, wie eine Durchsicht der Vorlesungsverzeichnisse der letzten Jahre zeigt, nur die Nationalöconomie überall gelesen. Es giebt Universitäten, auf denen keine Vorlesung über Finanzwissenschaft stattfindet; noch häufiger fehlt die Volkswirthschaftspolitik; nur selten begegnet man einer Vorlesung über Polizeiwissenschaft oder Verwaltungslehre. Politik und Statistik kommen im Lehrplan unserer Universitäten fast gar nicht vor. Im Ganzen zeichnen sich jedoch die süddeutschen Universitäten vortheilhaft vor den norddeutschen und namentlich vor den preussischen aus, insofern sie der Pflege der Staatswissenschaft entschieden eine grössere Aufmerksamkeit zuwenden.

Worin liegt der Grund der auffallenden Vernachlässigung dieser Studien? Ist er in einer geringen, in einer gegen früher verminderten Bedeutung der Staatswissenschaften zu suchen? Gewiss nicht. Die politischen und socialen Probleme haben von jeher neben den religiösen den wesentlichen Angelpunkt gebildet, um welchen sich die Entwicklung des Menschengeschlechtes gedreht hat, und heute bewegen sie die Welt lebhafter als in irgend einem früheren Zeitalter. Oder trägt die geringe Ausbildung der Wissenschaft selbst die Schuld daran? Ebensowenig. Unsere deutsche Staatswissenschaft darf sich kühn der jedes anderen Volkes an die Seite stellen. Unser eigenes öffentliches Recht hat, wenn wir von dem Verwaltungsrecht absehen, in Bezug auf welches wir freilich noch in den ersten Anfängen stehen, durch treffliche wissenschaftliche Kräfte eine sehr gediegene Bearbeitung gefunden. Die völkerrechtlichen Systeme von Heffter und Bluntschli gelten bei allen civilisirten Nationen als Autorität. Mit den Einrichtungen fremder Staaten pflegt der Deutsche besser bekannt zu sein als der Franzose oder Italiener, Engländer oder Amerikaner. Kein Volk der Erde besitzt ein Werk über ausländisches Staatsrecht, das sich Gneist's englischem Verwaltungsrecht auch nur annähernd an die Seite stellen könnte. Sind wir doch durch dieses in der Auffassung des englischen öffentlichen Rechtes sogar den Engländern selbst voraus. Und wenn unser speciell deutsches Verwaltungsrecht bis

heute noch nicht diejenige Ausbildung erhalten hat, welche wir
ihm wünschen möchten, so verdient doch das, was Lorenz v. Stein
vom Standpunkte der vergleichenden Gesetzgebung auf diesem
Gebiete geleistet hat, die allergrösste Anerkennung. Dass wir
auch in der Auffassung der allgemeinen und grundlegenden Principien der Staatswissenschaft dem Auslande weit voraus sind, kann
nicht zweifelhaft sein. Es braucht nur daran erinnert zu werden,
dass ausländische Gelehrte ersten Ranges, wie John Stuart Mill [*])
und Eduard Laboulaye [**]), bei der Behandlung des Staatszweckes
im Wesentlichen nicht über das geistvolle, aber einseitige Buch
Wilhelm von Humboldt's „Ideen zu einem Versuch, die Wirksam-
keit des Staates bestimmen zu wollen“ hinaus gekommen sind,
oder dass der zuletzt genannte Schriftsteller [***]) die Meinung aus-
spricht, die Seiten, auf denen Montesquieu das Spiel der öffentlichen Gewalten in England auseinandersetze, gehörten zu dem
Richtigsten und Tiefsten, was jemals geschrieben sei. Wenn endlich
die Nationalöconomie auch nicht auf deutschem Boden entstanden
ist, so hat ihr doch die deutsche Wissenschaft zum Theil neue
Pfade und Bahnen gewiesen, vor Allem ist es ihr Verdienst, auch
an die volkswirthschaftlichen Erscheinungen den historischen Massstab angelegt zu haben.

An der mangelhaften Ausbildung der Staatswissenschaften
liegt es also nicht, wenn das Studium derselben auf den deutschen
Universitäten nicht die Stelle einnimmt, welche ihm seiner Bedeutung nach gebührte. Der Grund ist vielmehr wesentlich in
äusseren Verhältnissen zu suchen. Zum Theil trägt die geringe
Zahl der dafür vorhandenen Lehrer die Schuld, vor Allem aber
der Umstand, dass bei Feststellung der Bedingungen für die
Qualification der Staatsbeamten auf diese Fächer viel zu wenig
Gewicht gelegt wird. Fast alle Wissenschaften haben in Folge
der gesteigerten Arbeitstheilung an Umfang gewonnen. Auch die
juristischen Disciplinen sind davon nicht verschont geblieben. Bei
der kurzen Zeit des Universitätsstudiums hat ein mässig begabter
Kopf schon genug zu thun, wenn er sich die streng juristischen
Disciplinen zu eigen macht. Die strebsamen und bedeutenden

---

[*]) On liberty.
[**]) L'état et ses limites, cap. II.
[***]) L'état et ses limites, cap. I.

Naturen bilden auch unter der Studentenschaft stets die Minorität. Kein Wunder, dass der bei weitem grösste Theil der studirenden Jugend zufrieden ist, wenn er sich so viel Kenntnisse des Privatrechtes, Strafrechtes und Processes, und allenfalls des Staatsrechtes und Kirchenrechtes angeeignet hat, um die erste Staatsprüfung nothdürftig bestehen zu können. So hat denn auch zu dem grösseren Aufschwung des staatswissenschaftlichen Studiums in Süddeutschland unzweifelhaft der Umstand wesentlich mit beigetragen, dass in den süddeutschen Staaten eine besondere Laufbahn für Verwaltungsbeamte existirt, deren Voraussetzung das Bestehen einer staatswissenschaftlichen Prüfung ist. Im Gegensatz dazu fehlte es namentlich in Preussen in letzterer Zeit völlig an Bestimmungen darüber, in welcher Art die Qualification zum höheren Verwaltungsdienst darzuthun sei. Die Vorschriften des Regulativs vom 27. Februar 1846 waren seit Erlass des Gesetzes über die juristischen Prüfungen und die Vorbereitung zum höheren Justizdienste vom 6. Mai 1869 nicht mehr anwendbar, und neue nicht gegeben worden. So wurde die eigentliche Verwaltungslaufbahn fast gar nicht mehr beschritten, und die höheren Verwaltungscollegien ergänzten sich vorzugsweise aus solchen Personen, die nach erlangter Qualification als Gerichtsassessor aus dem Justizdienst in den Verwaltungsdienst übertraten. Diese Einrichtung mochte in einer Zeit, wo der Bedarf an Verwaltungsbeamten in Folge des bedeutenden Ueberschusses, den in dieser Beziehung die neuen Provinzen geliefert hatten, nur sehr gering war, allenfalls genügen. Dass sie jetzt nicht mehr ausreicht, hat die preussische Regierung durch die Vorlegung des Gesetzentwurfes über den höheren Verwaltungsdienst selbst anerkannt. Nach diesem muss der Candidat ausser der ersten juristischen Staatsprüfung nach Ablauf einer zweijährigen Vorbereitung bei den Gerichtsbehörden ein staatswissenschaftliches Verwaltungstentamen bestehen, auf welches nach weiterer zweijähriger Vorbereitung bei den Verwaltungsbehörden die grosse Staatsprüfung folgt. Wenn so die preussische Regierung von ihren künftigen Verwaltungsbeamten die Ablegung staatswissenschaftlicher Examina und für die Zulassung zu dem Verwaltungstentamen den Nachweis staatswissenschaftlichen Studiums auf einer Universität verlangt, so übernimmt sie damit selbstverständlich die Verpflichtung, auf ihren Universitäten diejenigen Einrichtungen zu treffen, welche für ein gründliches Studium

·der Staatswissenschaften erforderlich sind. Aber auch die anderen deutschen Regierungen können sich dieser Fürsorge nicht entziehen, wenn sie sich nicht der Gefahr aussetzen wollen, alle diejenigen, welche eine Verwaltungslaufbahn in Preussen, auch nur eventuell, in das Auge gefasst haben, ihre Universitäten gänzlich meiden zu sehen, ganz abgesehen davon, dass sie doch auch die Pflicht haben, für die Ausbildung ihrer eigenen Verwaltungsbeamten Sorge zu tragen.

Wegen dieser Umstände ist vielleicht kein Zeitpunkt geeigneter, als der jetzige, die Frage zu erwägen, welche **Mittel eine Universität für das Studium des öffentlichen Rechtes und der Staatswissenschaften gewähren soll.**

In erster Linie kommen dabei natürlich die Vorlesungen in Betracht Wenn auch der Vortrag des Lehrers nicht die einzige Form des academischen Unterrichtes sein darf, so wird er doch immer eine sehr wesentliche Art desselben bleiben. Ein gedrucktes Buch, und wenn es noch so vortrefflich ist, kann niemals das mündlich gesprochene Wort ersetzen. Gerade das Alter, in welchem sich die studirende Jugend befindet, ist für persönliche Eindrücke besonders zugänglich, und unzweifelhaft sind viel mehr Anregungen zu selbständiger wissenschaftlicher Arbeit durch den academischen Vortrag als durch das Studium von Lehrbüchern und selbst von Monographieen erfolgt. So muss denn auch für das öffentliche Recht und die Staatswissenschaften durch eine ausreichende Zahl von Vorlesungen gesorgt sein.

Unter den Vorlesungen über öffentliches Recht wird unzweifelhaft das **deutsche Staatsrecht** die hervorragendste Stellung behaupten. Es lehrt die Grundlagen unseres gesammten Rechtszustandes kennen und wissenschaftlich begreifen, und die Bekanntschaft mit ihm ist für jede Stellung im öffentlichen Dienste ein unentbehrliches Erforderniss. Das deutsche Staatsrecht soll eine juristische Wissenschaft und die Methode seiner Behandlung eine juristische sein. Die Begriffe müssen ebenso scharf gefasst, die Folgerungen ebenso streng gezogen werden, wie in irgend einer anderen juristischen Disciplin. Man hört mitunter diese Methode verächtlich als eine privatrechtliche bezeichnen, die auf Fragen des öffentlichen Rechtes nicht anwendbar sei. Aber es giebt keine besondere privatrechtliche und besondere staatsrechtliche Methode; die Methode der Jurisprudenz ist die des logischen Denkens, und

dieses kann für das Staatsrecht kein anderes sein als für das Privatrecht. Freilich geht die politische Entwicklung nicht nach staatsrechtlichen Kategorieen vor sich, aber für die juristische Betrachtung
des Staates sind diese nicht zu entbehren. Bei der Gründung des
norddeutschen Bundes und des deutschen Reiches hat man sich
mit Recht sehr wenig darum gekümmert, ob die Bestimmungen
der Verfassung der Theorie des Bundesstaates entsprachen; aber
deshalb kann sich die Wissenschaft der Frage nicht entziehen, ob
das deutsche Reich ein Bundesstaat oder was es sonst sei. In
dieser Beziehung steht der Gelehrte und der Jurist anders als der
praktische Staatsmann und Gesetzgeber. Darum muss auch in
einer Vorlesung über deutsches Staatsrecht auf eine scharfe
Fixirung der staatsrechtlichen Begriffe wesentliches Gewicht gelegt
werden. Gelegentliche Erörterungen politischer oder legislativer
Natur sind durchaus nicht ausgeschlossen, doch den Schwerpunkt
der Vorlesung bildet die Darstellung des geltenden Rechtes und
seine wissenschaftliche Durchdringung.

Aber mit dem deutschen Staatsrecht allein und überhaupt mit
der blos rechtlichen Betrachtung des Staates ist es freilich nicht
gethan. Von einer Wiederbelebung des philosophischen Staatsrechtes kann selbstverständlich nicht die Rede sein. Wenn irgend
eine Wahrheit sich heut zu Tage unter den Juristen allgemeiner
Anerkennung erfreut, so ist es die von der Positivität alles Rechtes.
Fordert man daher neben der Vorlesung über deutsches noch eine
weitere über allgemeines Staatsrecht, so darf unter diesem
ebenfalls nur positives Recht verstanden werden. Das allgemeine
Staatsrecht soll im Gegensatz zu der blossen Beschränkung auf
Deutschland auch das Recht anderer Staaten in den Kreis seiner
Betrachtung hineinziehen und dieses in vergleichender Darstellung
behandeln. Dabei kann es natürlich nicht die Absicht sein, alle
Staaten, die jemals bestanden haben, oder auch nur diejenigen,
welche heute bestehen, Athen und Sparta, Rom und Carthago,
China und Japan, Indien und Persien, in den Rahmen einer einzigen
Vorlesung zusammen zu fassen. Die Betrachtung wird sich wesentlich auf die Einrichtungen derjenigen Völker zu beschränken haben,
welche auf dem Standpunkte europäischer Gesittung stehen und
deren Staatsleben sich in constitutionellen Formen bewegt. Eine
solche Behandlung des Staatsrechtes kann aber auch für eine
gründliche politische Bildung gar nicht entbehrt werden. Die

Entwicklung der einzelnen Völker ist keine isolirte; politische Ereignisse, die im Gebiete eines Landes vor sich gehen, bleiben selten ohne Einfluss auf das Nachbarland. Wir können diese Erscheinung schon seit den Zeiten des Frankenreiches durch alle Jahrhunderte der Geschichte hindurch verfolgen. Zu derselben Zeit hat sich in ganz Europa der Lehnsstaat entwickelt, aus denselben Gründen ist er bei den verschiedenen Völkern allmählich zusammengebrochen. Auf seinen Trümmern erhob sich das absolute Fürstenthum und breitete sich über das ganze continentale Europa aus. Und nun gar in unseren Tagen! Leben nicht dieselben politischen Ideen in den Köpfen aller europäischen Völker? sind nicht dieselben socialen Kräfte in allen thätig? machen sich nicht dieselben religiösen Leidenschaften bei allen geltend? Die politische Geschichte des einzelnen Volkes ist nur eine bestimmte Form der gemeinsamen Entwicklung. Zum Verständniss des eigenen Staatslebens kann daher die Kenntniss der fremden Staatszustände nicht entbehrt werden. Wer vermag die Gedanken der constitutionellen Staatsentwicklung zu begreifen, wenn er nicht wenigstens die Verschiedenheit ihrer Ausbildung in England, Frankreich und Deutschland übersieht? wer das Wesen staatlicher Verbindungen zu beurtheilen, wenn er nicht die auf republikanischer Grundlage erwachsenen Bundesverfassungen der Schweiz und der vereinigten Staaten mit der auf einer monarchischen Gestaltung der Einzelstaaten beruhenden Verfassung des deutschen Reiches vergleicht? Der Darstellung dieser Verhältnisse soll das allgemeine Staatsrecht gewidmet sein.

Im Gegensatz zum Staatsrecht pflegt man die Politik in neuerer Zeit als Staatskunst zu bezeichnen, sie soll das Staatsleben vom Gesichtspunkte der Zweckmässigkeit aus behandeln. Offenbar hat sie damit eine doppelte Aufgabe bekommen: an das im Staate bestehende Recht selbst den Massstab der Zweckmässigkeit anzulegen, und innerhalb der Schranken des bestehenden Rechtes Grundsätze zweckmässigen Handelns aufzustellen. Von diesen beiden Aufgaben muss jedoch die erste als die weitaus wichtigere betrachtet werden. Ueber die Zweckmässigkeit eines Gesetzes oder einer allgemeinen Staatseinrichtung kann stets mit Erfolg discutirt werden, während die Aufstellung von Regeln, wie sich der Staatsmann innerhalb der Schranken der Gesetze zu bewegen hat, in den meisten Fällen von sehr zweifelhaftem Werthe ist.

Die Handlungen, um welche es sich hier handelt, sind von solcher Beschaffenheit, dass es dabei viel mehr auf die richtige Beurtheilung der concreten Verhältnisse, als auf die Befolgung allgemeiner Principien ankommt. Gerade deshalb fehlt es für diese Handlungen an gesetzlichen Vorschriften. Wo aber die Gesetzgebung nicht im Stande ist, allgemeine Grundsätze zu fixiren, da wird es auch die Wissenschaft regelmässig nicht sein, und wenn sie doch versucht, es zu thun, so läuft sie Gefahr, sich in vage Allgemeinheiten zu verlieren.

Erscheint es aber als die Hauptaufgabe der Politik, das Staatsrecht vom Standpunkte der Zweckmässigkeit zu prüfen, so muss naturgemäss die Frage entstehen, ob die Politik in einer besonderen Vorlesung behandelt oder mit dem Staatsrecht verbunden werden soll. Ich stehe nicht an, mich entschieden für die letztere Alternative zu erklären. Wenn an einer Stelle die bestehenden Rechtszustände geschildert, an einer andern die Zweckmässigkeit derselben geprüft wird, so ist es unvermeidlich, dass vielfache Wiederholungen entstehen, und dass zusammengehörige Dinge auseinander gerissen werden. Wer z. B. Mohl's Encyclopädie der Staatswissenschaften*) durchmustert, findet, dass die Nothwendigkeit einer gesetzlichen Erbfolgeordnung im Staatsrecht**), die Frage, welches das beste der verschiedenen Erbfolgesysteme sei, in der Politik behandelt wird.***) Umgekehrt erörtert die Politik die Angemessenheit einer Volksvertretung überhaupt, und giebt einzelne allgemeine Andeutungen über die Zusammensetzung derselben†), während sich die speciellere Behandlung der verschiedenen Wahlsysteme im Staatsrecht findet.††) Die Aufzählung der Unterthanenrechte hat ihren Platz im Staatsrecht†††), die Mittel zur Sicherstellung derselben den ihrigen in der Politik gefunden.††††) Auch unter den verschiedenen Schriftstellern besteht wenig Uebereinstimmung darüber, welche Lehren dem Staatsrecht, welche der Politik zuzuweisen sind. Die Frage der Minoritäten-

---

*) Encyclopädie der Staatswissenschaften. 2. Aufl. Tübingen 1872.
**) a. a. O., S. 203.
***) a. a. O., S. 626.
†) a. a. O., S. 644 u. 45.
††) a. a. O., S. 236 ff.
†††) a. a. O., S. 222 ff.
††††) a. a. O., S. 639 ff.

vertretung behandelt Mohl *) ausführlich im Staatsrecht, während Bluntschli **) erklärt, Hare's Vorschlag gehöre, da er noch nirgends verwirklicht sei, gegenwärtig noch der Politik und nicht dem Staatsrecht an. Letztere Meinung ist gewiss die richtigere. Erscheint es aber zweckmässig, alle anderen Fragen über das Wahlrecht im Staatsrecht zu erörtern, und nur die über die Vertretung der Minoritäten und vielleicht noch die über das Frauenstimmrecht in die Politik zu verweisen?

Staatsrecht und Politik müssen verbunden werden, und zwar wird es vorzugsweise die Vorlesung über allgemeines Staatsrecht sein, welche sich mit der Erörterung auch der politischen Probleme zu beschäftigen hat. Hier, wo die Einrichtungen der verschiedenen Völker vergleichend neben einander gestellt werden, ist der Ort, auch den Werth und die Zweckmässigkeit derselben zu prüfen. Dass es sich dabei nicht darum handelt, Grundsätze aufzustellen, welche mit dem Anspruch auf Allgemeingültigkeit auftreten, sondern dass es darauf ankommt, die Angemessenheit des öffentlichen Rechtes mit Rücksicht auf die concreten Culturzustände der einzelnen Völker, ihre Anlagen und Befähigung, ihren Charakter und ihre Bildung, ihre Geschichte, ihre socialen Verhältnisse u. s. w. zu beurtheilen, versteht sich nach dem heutigen Standpunkte der Wissenschaft von selbst.

Ausser Staatsrecht und Politik kommt noch die allgemeine Staatslehre in Betracht. Diese hat es weder mit Grundsätzen des Rechtes, noch mit solchen der Zweckmässigkeit zu thun; sie soll die staatswissenschaftlichen Grundbegriffe und das Wesen des Staates im Allgemeinen erörtern. Sie hat die Begriffe von Staat und Staatsgewalt, Souveränetät und Legitimität, Zweck und Entstehung des Staates, die verschiedenen Gattungen und Arten des Staates und anderes mehr zu entwickeln. Unzweifelhaft eignet sich diese Disciplin dazu, eine eigene Vorlesung zu bilden. Sie kann aber auch als Einleitung zu einer anderen Vorlesung vorgetragen werden, und dieses letztere ist aus praktischen Gründen entschieden zu empfehlen. Der Stoff lässt sich sehr wohl auch in einer blossen Einleitung bewältigen, und man darf dem Studirenden keine zu grosse Zahl von Vorlesungen zumuthen,

---

*) a. a. O., S. 242 ff.
**) Allgemeines Staatsrecht, Buch V, Cap. VII.

wenn man sich nicht der Gefahr aussetzen will, dass er gar keine hört. Es möge deshalb dem allgemeinen Staatsrecht und der Politik als Einleitung eine kurze allgemeine Staatslehre vorangeschickt werden. Gewisse Grundbegriffe müssen jedoch auch in der Einleitung zum deutschen Staatsrecht vorgetragen werden.

Neben dem deutschen Staatsrecht fordern wir daher eine Vorlesung, welche allgemeine Staatslehre, allgemeines Staatsrecht und Politik zusammenfassen soll. Es ist ziemlich gleichgültig, wie man sie nennen will; man kann sie als „allgemeines Staatsrecht und Politik" oder auch blos als „Politik" im älteren Sinne, gleichbedeutend mit Lehre vom Staat, bezeichnen.

Mit aller Entschiedenheit muss verlangt werden, dass die bisherige Vernachlässigung des Völkerrechtes aufhört. Man lässt dieser Disciplin in neuerer Zeit sowohl bei dem juristischen Unterricht, als bei den Staatsprüfungen fast gar keine Beachtung zu Theil werden, obwohl dieselbe bei der immer wachsenden Ausdehnung des internationalen Verkehrs fast täglich an Bedeutung gewinnt und Deutschland selbst seit Gründung des Reiches grossartige völkerrechtliche Beziehungen mit fremden Mächten unterhält, von denen freilich in der behaglichen Existenz eines deutschen Mittel- oder Kleinstaates keine Rede war. Die Laufbahn im diplomatischen und consularischen Reichsdienst ist jedem Deutschen zugänglich geworden, die deutschen Universitäten sind verpflichtet, die nöthigen Bildungsmittel dafür zu gewähren. Auch für den praktischen Juristen und Verwaltungsbeamten hat das Völkerrecht keineswegs die geringe Bedeutung, welche man ihm gewöhnlich zuschreibt. Auch diesem kommen Fragen, wie die über Auslieferung von Verbrechern, über die Staatsangehörigkeit eines längere Zeit im Auslande ansässig gewesenen Deutschen, über Gewerbetrieb und Erwerb von Grundbesitz durch Ausländer vor, welche ohne Kenntniss völkerrechtlicher Rechtssätze und Verträge nicht zu entscheiden sind. Die Aufgabe der Universitäten besteht aber auch nicht wesentlich darin, Richter und Verwaltungsbeamte, Pfarrer, Lehrer und Aerzte auszubilden, sondern wissenschaftlich gebildete Männer zu erziehen. Das Völkerrecht ist aber von grösster wissenschaftlicher Bedeutung, seine Entwicklung eine der bedeutendsten Seiten menschlicher Culturentwicklung, seine Kenntniss für Jeden erforderlich, der überhaupt die Geschichte der Menschheit verstehen will.

Obwohl Staatsrecht und Politik bei Erörterung der Aufgaben der Staatsgewalt auch auf die Functionen der Verwaltung einzugehen haben, so sind doch für die Behandlung der einzelnen Verwaltungsgebiete unzweifelhaft besondere Vorlesungen erforderlich, auch seit langer Zeit in Deutschland Sitte gewesen. Freilich begegnet uns hier ein völliges Chaos von Disciplinen, in denen nur schwer ein bestimmtes System zu erkennen ist: theoretische und praktische Nationalöconomie, Volkswirthschaftslehre, Volkswirthschaftspolitik, Polizeiwissenschaft, Finanzwissenschaft, Verwaltungslehre, Verwaltungsrecht, und wie sie sonst noch alle heissen mögen.

Wenn wir versuchen wollen, zu zeigen, wie das Studium dieser Disciplinen sich gestalten soll, so müssen wir von den verschiedenen Gebieten staatlicher Verwaltung ausgehen, denn im Anschluss an diese haben sich dieselben entwickelt; ihre gemeinsame historische Grundlage bilden die alten Cameralwissenschaften und die Polizeiwissenschaft. Die Hauptgebiete der Staatsverwaltung, wenn wir dies Wort in seinem weitesten Sinne nehmen, sind aber die der auswärtigen Verwaltung, der inneren Verwaltung, der Rechtspflege, der Heeresverwaltung und der Finanzverwaltung Von diesen scheidet hier zunächst das Gebiet der Rechtspflege völlig aus. Die Normen für die Thätigkeiten der Gerichte enthalten die Disciplinen des Civil- und Strafprocesses, und die wenigen eigentlichen Verwaltungsgeschäfte, welche im Gebiete der Justizverwaltung vorkommen, bedürfen einer gesonderten Behandlung nicht. Auch für die auswärtige Verwaltung ist eine solche kein Bedürfniss. Die Regeln des internationalen Verkehrs entwickelt das Völkerrecht, die über die rechtliche Stellung der diplomatischen Organe im Verhältniss zum eigenen Staat das Staatsrecht bei der Lehre vom Staatsdienst. Abgesehen von diesen beiden Punkten aber lassen sich allgemeine Grundsätze für das Verhalten des Diplomaten überhaupt nicht aufstellen, da bei seiner Thätigkeit mehr als bei irgend einer anderen Alles auf die Beurtheilung der concreten Verhältnisse ankommt.

Es bleiben also noch die drei Gebiete der inneren, Heeres- und Finanzverwaltung übrig. Sie erfordern eine Behandlung sowohl vom rechtlichen als vom politischen Standpunkte. In den Zeiten des Polizeistaates mochte es genügen, einige Bemerkungen über das zweckmässige Verhalten der staatlichen Organe in ihrer

verwaltenden Thätigkeit zusammenzustellen, der constitutionelle
Staat, in welchem eine Verwaltung nach festen Rechtsgrundsätzen
stattfinden soll, erfordert eine andere Behandlung. Wir dürfen
daher nicht auf dem Standpunkte der alten Polizeiwissenschaft, die
ja noch in diesem Jahrhundert in Robert von Mohl einen treff-
lichen Vertreter, aber in. ihm jedenfalls auch ihren Abschluss
gefunden hat, stehen bleiben. Noch weniger kann es natürlich
genügen, wenn blosse Volkswirthschaftspolitik, sei es als besondere
Vorlesung, sei es als integrirender Theil der theoretischen und
praktischen Nationalöconmie vorgetragen wird. Wenn auch die
Pflege der Volkswirthschaft einen wichtigen Theil der Verwaltungs-
aufgaben des Staates umfasst, so ist sie doch immer nur ein Theil
derselben; und die Sorge des Staates fur Gesundheit und Bildung,
die sicherheits- und sittenpolizeilichen Massregeln, das Heimaths-
und Niederlassungswesen stehen an wissenschaftlicher und praktischer
Bedeutung der Regelung der Agrarverhältnisse und des Gewerbe-
wesens, der Förderung der Communicationsmittel und der Ordnung des Bankwesens in keiner Weise nach.

Wir brauchen vielmehr ein doppeltes: eine allgemeine
Verwaltungslehre im Stein'schen Sinne und eine tüchtige
Bearbeitung unseres deutschen Verwaltungsrechtes. Jene
hat die allgemeinen Principien zu entwickeln, die Gesetzgebung der
verschiedenen Völker in vergleichender Darstellung zu behandeln
und die verwaltungspolitischen Gesichtspunkte hervorzuheben.
Dieses dagegen soll eine wesentlich juristische Disciplin sein und
der Verwaltungslehre gegenüber etwa diejenige Stellung einnehmen,
wie das deutsche Staatsrecht gegenüber dem allgemeinen Staatsrecht und der Politik. Natürlich darf diese Wissenschaft nicht zu
einer blossen Gesetzeskunde herabsinken; eine Vorlesung, welche
nichts weiter liefert, als eine systematisirte Gesetzsammlung, muss
auf die Zuhörer geradezu geisttödtend wirken. Es kommt vielmehr auf eine juristische Durchdringung des Stoffes und eine
rechtswissenschaftliche Construction der verwaltungsrechtlichen In-
stitute an, um so. eine tüchtige Grundlage für die Entscheidung
von Rechtsfragen des Verwaltungsrechtes zu gewinnen. Unzweifelhaft enthält die jetzige Zeit für eine derartige Ausbildung des
Verwaltungsrechtes günstigere Voraussetzungen •als irgend eine
frühere. Wir werden binnem Kurzem in Preussen, demnächst
aber auch in anderen deutschen Staaten — Baden ist darin schon

früher vorangegangen — eine geordnete Rechtssprechung in Fragen des Verwaltungsrechtes besitzen, in dem Bundesamte für Heimathswesen und dem Reichseisenbahnamte sind die ersten, wenn auch nur schwachen Anfänge einer Reichsverwaltungsgerichtsbarkeit vorhanden. Diese Rechtssprechung erfordert aber ebensowohl eine Rechtswissenschaft, als sie ihr vielfache Anregung zu neuer Thätigkeit geben wird. Ausserdem muss auch der Umstand fördernd mit einwirken, dass die Rechtszersplitterung, welche auf dem Gebiete des Verwaltungsrechtes vielleicht grösser als auf irgend einem anderen war, mehr und mehr aufhört und die Reichsgesetzgebung uns jedes Jahr neues gemeines Verwaltungsrecht schafft. Die Bearbeitung dieser Reichsgesetze ist für die deutsche Wissenschaft eine viel würdigere Aufgabe, als die Behandlung eines bayrischen, sächsischen und selbst eines preussischen Gesetzes. Die Reichsgesetze werden übrigens auch einer wissenschaftlichen Bearbeitung oft dringend bedürfen. Schon die Frage, wie sich die durch sie eingeführten Einrichtungen zu den älteren Bestimmungen der Particularrechte verhalten, ist eine ebenso wichtige als interessante. Was besitzt z. B. das sog. Heimathsrecht heute noch für eine Bedeutung, nachdem das Reichsgesetz über den Unterstützungswohnsitz ihm einen wesentlichen Theil seines Inhaltes, den Anspruch auf Armenunterstützung, entzogen hat? Diese Frage ist von der Wissenschaft kaum einmal aufgeworfen, geschweige denn gelöst worden.

Für das deutsche Verwaltungsrecht wird füglich eine Vorlesung genügen, die allerdings wohl nicht weniger als sechsstündig sein könnte. Für die allgemeine Verwaltungslehre kann man mit einer schwerlich ausreichen, es muss eine besondere über Verwaltungslehre i. e. S. als Lehre von der inneren Verwaltung, in welcher natürlich die bisherige Volkswirthschaftspolitik und Polizeiwissenschaft aufzugehen haben, und eine besondere übere Finanzwissenschaft gehalten werden. Fraglich kann nur erscheinen, ob auch für die Verwaltung des Heerwesens eine specielle derartige Behandlung nothwendig erscheint. Wo man die erforderlichen Kräfte dazu besitzt, mag sie immerhin empfehlenswerth sein; da jedoch auf den Werth der verschiedenen Heersysteme bereits im allgemeinen Staatsrecht und der Politik eingegangen werden muss, die für Deutschland besonders wichtigen Fragen im deutschen Verwaltungsrecht ihre Behandlung finden werden, so kann sie auch fehlen, ohne dass sich daraus grosse praktische Uebeistände ergeben, um so mehr als die Mitglieder der Militärverwaltungsbehörden zum grössten Theil eine ganz andere als die gewöhnliche Universitätsbildung erhalten.

Dass für die Beurtheilung der Aufgaben, welche der Staatsverwaltung gegenüber dem volkswirthschaftlichen Leben zustehen, eine Kenntniss der Begriffe, Gesetze und Entwicklung der Volkswirthschaft erforderlich ist, dass also besondere Vorlesungen über Nationalöconomie (Volkswirthschaftslehre) gehalten werden müssen, wird Niemand bestreiten. Freilich nimmt die Nationalöconomie gegenüber den Staatswissenschaften doch immer nur den Rang einer Hilfswissenschaft ein, und volle Bedeutung erlangen ihre Lehren erst durch diejenige Verwerthung, welche sie in der wirthschaftlichen Verwaltung und der Finanzwissenschaft erfahren. Es kann daher in der That nichts Verkehrteres geben, als die, wie es scheint, unter der studirenden Jugend, und vielleicht nicht blos unter dieser, häufig verbreitete Meinung für das Studium der Staatswissenschaften genüge es, eine einzige Vorlesung über Nationalöconomie gehört zu haben.

Es muss endlich für die Pflege der Statistik mehr als bisher geschehen. Diese jüngste unter den Staatswissenschaften hat bereits eine so ausserordentliche Wichtigkeit erlangt, dass ihre Aufnahme in den academischen Unterrichtsplan nicht mehr abzuweisen ist. Selbstverständlich soll eine Vorlesung über Statistik nicht blos eine Sammlung wissenswerther Notizen von verschiedenen Ländern und Völkern enthalten, welche man ebenso bequem und vielleicht besser in einem statistischen Handbuche findet; sie hat vorzugsweise die Aufgabe, statistische Methode zu lehren. Wie oft kommen jetzt unsere Staatsbeamten in die Lage, statistische Aufnahmen und Zusammenstellungen zu machen, und wie schlimm ist es dann, wenn sie nicht einmal einen ordentlichen Begriff von einer statistischen Tabelle besitzen! Auch bei wissenschaftlichen Untersuchungen wird ein Operiren mit statistischen Daten sehr häufig nothwendig. So glänzende Resultate die Statistik nun aber bei richtiger und vorsichtiger Handhabung zu liefern vermag, eine so gefährliche Waffe bildet sie in den Händen des Ungeübten. Und deshalb muss schon während des Universitätsstudiums für einen richtigen Gebrauch derselben Sorge getragen werden.

Als Vorlesungen, welche von einer deutschen Universität unbedingt und unter allen Umständen gefordert werden müssen, sind deutsches Staatsrecht, allgemeines Staatsrecht und Politik einschliesslich allgemeiner Staatslehre, Völkerrecht, deutsches Verwaltungsrecht, allgemeine Verwaltungslehre (Lehre von der inneren Verwaltung), Finanzwissenschaft, Nationalöconomie und Statistik zu nennen, Daneben erscheinen jedoch noch weitere, z. B. Encyclopädie der Staatswissenschaften, Geschichte der Staatswissenschaften als recht wünschenswerth, wenn man dafür die nothwendigen Kräfte besitzt. Gegenüber diesen Anforderungen macht freilich der preussische Gesetzentwurf über die Befähigung zum höheren Verwaltungsdienst den Eindruck eines recht veralteten Standpunktes, wenn er unter Berufung auf Hoffmann, Beuth und Kühne immer nur von Nationalöconomie, Polizei- und Finanzwissenschaft spricht, die Statistik gar nicht erwähnt und hinsichtlich des Verwaltungsrechtes, wie es scheint, der Ansicht ist, dass es einer theoretischen Behandlung gar nicht bedürfe, sondern in der Vorbeitungszeit rein praktisch erlernt werden könne.

Wenn die angegebenen Vorlesungen auch den Mittelpunkt des academischen Unterrichtes bilden, so darf dieser doch keineswegs auf blosse Vorlesungen beschränkt sein. Es kommt vielmehr darauf an, auch auf dem Gebiete der Staatswissenschaft durch zweckmässig geleitete Uebungen den Schüler zu selbstständigem Arbeiten zu erziehen. Die Quellenexegese, welche in den Uebungen über andere juristische Disciplinen zum Theil von so grosser Bedeutung ist, tritt hier natürlich in den Hintergrund, es handelt sich vielmehr darum, die Theilnehmer zur Anfertigung wissenschaftlicher Arbeiten anzuleiten, sie an das Operiren mit statistischen Daten zu gewöhnen, sie Rechtsfälle aus dem Gebiete des öffentlichen Rechtes entscheiden zu lassen u. dergl. mehr.

Dass die Vorlesungen und Uebungen im Vorlesungsverzeichnisse der Universität angezeigt werden, nützt freilich nur sehr wenig, wenn nicht gleichzeitig eine Garantie dafür geschaffen wird, dass die Studirenden die dargebotenen Lehrmittel in entsprechender Weise benutzen. Selbstverständlich kann nicht davon die Rede sein, die abgeschafften Zwangscollegien wieder einzuführen, eine Einrichtung, welche den Studenten zwar zum Belegen aber nicht zum Hören der Vorlesungen nöthigt, und die ausserdem das gegen sich hat, dass, wenn die Verhältnisse einer Universität es einem Studenten zufällig unmöglich machen, eine einzelne der vorgeschriebenen Vorlesungen anzunehmen, er dadurch unter Umständen ein ganzes Semester verliert. Die Garantie kann vielmehr nur in einer angemessenen Gestaltung des Prüfungswesens gefunden werden. Dabei ensteht vor Allem die Frage, wie das Verhältniss der Prüfungen der künftigen Verwaltungs- und der Justizbeamten zu einander sich gestalten soll. Und zwar handelt es sich wesentlich um die erste Staatsprüfung, deren Aufgabe ist, die theoretische und wissenschaftliche Bildung der Candidaten zu erforschen. In dieser Beziehung giebt es drei mögliche Systeme. Entweder kann man — das ist in Süddeutschland üblich — schon in der ersten Staatsprüfung Juristen und Verwaltungsbeamte völlig trennen oder für Juristen und Verwaltungsbeamte dieselbe erste Staatsprüfung vorschreiben, oder endlich von den Verwaltungsbeamten das Bestehen des ersten juristischen Examens und ausserdem noch eine besondere Prüfung verlangen, in welcher die Befähigung für den Verwaltungsdienst nachgewiesen werden soll.

Das erste System erscheint im Interesse unserer Verwaltungsbeamten nicht empfehlenswerth. Mit vollem Recht heben die Motive zum preussischen Entwurf hervor, dass der künftige Verwaltungsbeamte sich auf der Universität zunächst der Ausbildung in den Rechtswissenschaften befleissigen soll und namentlich sich gründlicher civilistischer Studien nicht entschlagen darf. Auch der Verwaltungsbeamte hat es in seiner praktischen Thätigkeit wesentlich mit der Anwendung von Recht zu thun. Er muss die Gesetze des Staates ausführen und deshalb im Stande sein, sie richtig auszulegen. Er kann beauftragt sein, Gesetzentwürfe abzufassen; wie vermag er das ohne juristische Schulung? Vor allen Dingen aber werden unsere Verwaltungsbeamten künftighin eine hervorragende Thätigkeit in den Verwaltungsgerichtshöfen zu entwickeln, also richterliche Befugnisse auszuüben haben, sie dürfen daher den Justizbeamten an juristischer Bildung nicht nachstehen. Sie müssen namentlich das römische Recht gründlich studiren. Die Bedeutung desselben liegt ja schon jetzt nicht wesentlich in dessen praktischer Anwendbarkeit. Wenn auch der gemeinrechtliche Jurist sein Corpus juris noch zur Entscheidung von Rechtsfällen gebraucht, so ist das bei dem landrechtlichen, dem rheinischen, dem sächsischen, dem österreichischen Richter bereits seit langer Zeit nicht mehr der Fall. Und nach Erlass des deutschen Civilgesetzbuches wird derselbe Zustand für ganz Deutschland eintreten. Trotzdem kann aber — darüber besteht ja gar kein Streit — das Studium des römischen Rechtes nicht aufhören, weil es für die methodische Schulung ganz unentbehrlich ist. Durch die Beschäftigung mit dem römischen Recht soll der angehende Jurist juristisch denken lernen. Das muss aber der Verwaltungsbeamte ebenso gut wie der Justizbeamte können. Auch deshalb ist eine privatrechtliche Bildung der Verwaltungsbeamten zu fordern, weil ein Theil derselben Vermögensobjecte des Staates zu verwalten hat, für welche die gewöhnlichen Grundsätze des Privatrechtes gelten. Hinsichtlich der Disciplinen des öffentlichen Rechtes einschliesslich des Kirchenrechtes besteht sogar für den Verwaltungsbeamten ein noch grösseres Bedürfniss der Kenntniss als für den Richter. Dass Personen, in deren Händen die Ausübung wichtiger polizeilicher Functionen liegt, Strafrecht und Strafprocess verstehen müssen, wird Niemand bestreiten. Und die Bekanntschaft mit dem Civilprocess ist für den Verwaltungsbeamten schon wegen der analogen Anwendung, welche die Grundsätze desselben in dem Verwaltungsstreitverfahren finden werden, erforderlich.

Wenn sonach eine umfassende juristische Bildung von dem Verwaltungsbeamten durchaus verlangt werden muss, so kann es ebensowenig zweifelhaft sein, dass eine blos juristische Bildung für ihn nicht ausreicht. Er muss auf dem Gebiete des öffentlichen Rechtes gründlichere Kenntnisse besitzen, als wenigstens bis jetzt in den juristischen Staatsprüfungen verlangt werden, und auch die übrigen Staatswissenschaften völlig beherrschen. Es kann nur die Frage entstehen, ob diese Kenntnisse in einem besonderen Examen, das lediglich Verwaltungsaspiranten zu bestehen haben, gefordert, oder ob sie in der ersten juristischen Staatsprüfung, also von allen Staatsdienern, auch denjenigen, welche in den Justizdienst zu treten beabsichtigen, verlangt werden sollen.

Der neue preussische Entwurf steht auf dem ersteren Standpunkte. Der Candidat muss, nachdem er die erste juristische Staatsprüfung bestanden und eine zweijährige Vorbereitungszeit bei den Gerichten zugebracht hat, durch ein mit ihm abzuhaltendes Tentamen darthun, „dass er sich mit den Staatswissenschaften vertraut gemacht, die Hauptgrundsätze der Nationalöconomie, der Polizei- und Finanzwissenschaft sich angeeignet und wenigstens allgemeine Bekanntschaft mit den cameralistischen Hülfswissenschaften erlangt habe". Es ist kein vernünftiger Grund einzusehen, weshalb diese Prüfung erst zwei Jahre nach absolvirtem Universitätsstudium stattfinden soll. Das Gesetz geht offenbar von der Voraussetzung aus, dass die in dem Tentamen darzulegenden Kenntnisse auf der Universität erworben werden sollen, denn es wird ja der Nachweis eines dreijährigen Studiums der Jurisprudenz und der Staatswissenschaften gefordert. Warum legt man aber dann nicht die Prüfung in die Zeit unmittelbar nach vollendetem Universitätsstudium? In der Vorbereitungszeit wird der Referendar wenig Gelegenheit zu weiterer Ausbildung in den Staatswissenschaften finden. Vorlesungen kann er nicht hören, wenn er sich nicht ganz zufällig am Sitze einer Universität befindet. Für das Selbststudium werden ihm häufig die nöthigen literarischen Hülfsmittel fehlen. Bei den Gerichten, bei welchen er in der Zwischenzeit beschäftigt ist, kann er aber erst recht keine staatswissenschaftlichen Kenntnisse erwerben. Seine ganze Thätigkeit in der zweijährigen Vorbereitungszeit wird sich also vermuthlich darauf beschränken, das auf der Universität Erlernte noch einmal zu repetiren. Dafür aber, dass er auch nach Abgang von der Universität seine staatswissenschaftlichen Studien nicht völlig liegen lässt, ist ja schon durch die zweite Staatsprüfung hinreichend gesorgt.

Wenn es so möglich und sogar wünschenswerth erscheint, die staatswissenschaftliche Prüfung der Verwaltungsbeamten unmittelbar nach absolvirtem Universitätsstudium vorzunehmen, so liegt die Frage um so näher, ob nicht dieselben Kenntnisse, welche von den Verwaltungsbeamten verlangt werden, auch von den Justizbeamten gefordert werden können. Die Möglichkeit, sie in der bestimmten Studienzeit zu erwerben, wird ja vorausgesetzt. Für unseren Richterstand aber würde es im höchsten Grade segensreich sein, wenn seine einseitig juristische oder, sagen wir lieber, privat- und strafrechtliche Bildung aufhörte. Bei unseren jetzigen Staatsprüfungen wird das öffentliche Recht im höchsten Grade vernachlässigt. In Preussen kommen bei dem ersten juristischen Examen im Durchschnitt auf sechs Candidaten etwa sechs Stunden. Von diesen wird fast die Hälfte vom römischen Recht in Anspruch genommen; in die andere Hälfte theilen sich deutsches Privatrecht, einschliesslich Handels- und Wechselrecht, deutsche Rechtsgeschichte, Civilprocess, Strafrecht und Strafprocess, deutsches Staatsrecht und Kirchenrecht. Wenn die beiden letzten Disciplinen überhaupt examinirt werden, so kommt auf jede derselben vielleicht eine halbe Stunde, auf jeden Candidaten etwa fünf Minuten. Von Verwaltungsrecht, Völkerrecht oder allgemeinem Staatsrecht pflegt regelmässig gar nicht die Rede zu sein. Dass diese Einrichtungen nicht geeignet sind, eine gründliche öffentlich rechtliche Bildung unserer angehenden Juristen zu befördern, liegt auf der Hand. Daher kommt es denn auch, dass unsere Praktiker im Ganzen nur sehr wenig vom öffentlichen Rechte verstehen, wovon die üblen Folgen sich jedesmal zeigen, wenn bei Gelegenheit eines Privatrechtsstreites oder einer Strafverfolgung Fragen des öffentlichen Rechtes entschieden werden müssen. Auch eine genaue Kenntniss der wirthschaftlichen Lebensverhältnisse, wie sie die Nationalöconomie giebt, ist für den Juristen von grosser Bedeutung, weil diese Lebensverhältnisse die Grundlage der meisten Privatrechtsverhältnisse bilden. Ebensowenig kann der Richter ein Verständniss des Rechtes und der Bedürfnisse der Verwaltung entbehren, schon deshalb nicht, weil künftighin in unsern Verwaltungsgerichten dem richterlichen Elemente in gleicher Weise, wie dem administrativen, eine Mitwirkung eingeräumt ist. Nur die cameralistischen Hülfswissenschaften sind für den künftigen Justizbeamten nicht erforderlich, aber es hat auch gewiss kein Bedenken, die Prüfung in diesen Fächern, von denen ja überhaupt nur die Kenntniss der Elemente verlangt wird, erst bei Gelegenheit des zweiten Examens eintreten zu lassen.

Noch aus andern Gründen erscheint eine Verbindung des ersten juristischen und des ersten Verwaltungsexamens wünschenswerth. In den seltensten Fällen wird sich bereits in der Zeit des Abganges vom Gymnasium bei einem jungen Manne eine entschiedene Neigung für die richterliche oder für die Verwaltungslaufbahn ausgebildet haben. Dazu gehört erst eine genauere Kenntniss der Ziele und Aufgaben der verschiedenen Zweige des Staatsdienstes. Warum den Einzelnen zwingen, sich zu früh für eine Thätigkeit zu entscheiden, von der er vielleicht später die Ueberzeugung gewinnt, dass er für dieselbe nicht geeignet ist? Um solche Uebelstände zu vermeiden, muss der Bildungsgang auf der Universität zunächst wesentlich derselbe sein, wobei freilich nicht ausgeschlossen bleibt, dass schon während des Studiums eine gewisse Neigung für die eine oder die andere Seite sich ausbildet. Namentlich hinsichtlich der Uebungscollegien wird die Wahl des

Einzelnen stets eine freiere sein, und da mag vor Allem in den späteren Semestern jener sich mehr an den privatrechtlichen und processualischen, dieser mehr an den öffentlich rechtlichen und staatswissenschaftlichen betheiligen.

Noch ein weiterer Gesichtspunkt soll hervorgehoben werden. Wenn von dem Verwaltungsbeamten die Ablegung der ersten juristischen Staatsprüfung und ausserdem noch ein weiteres Mass staatswissenschaftlicher Kenntnisse gefordert wird, über deren Besitz der künftige Richter sich nicht auszuweisen braucht, so erscheint in den Augen des Publikums sehr leicht der richterliche Stand als der weniger gebildete Theil unseres Beamtenthums, was im Interesse der Würde und des Ansehens desselben gewiss nicht zu wünschen ist.

Es haben sich bereits vor längerer Zeit zwei bekannte Lehrer der Staatswissenschaften, von denen der eine*) damals an einer süddeutschen Universität, der andere**) noch jetzt an einer grösseren preussischen lehrt, ebenfalls mit Entschiedenheit für eine solche Verbindung der juristischen und Verwaltungsprüfung ausgesprochen. Wenn der erstere von beiden sich nur im Princip für diese Einrichtung erklärt, wegen der augenblicklichen Durchführung dagegen einzelne Bedenken erhebt, so sind diese doch nur durch die thatsächlichen Verhältnisse des in Frage stehenden süddeutschen Staates veranlasst. Der letztere dagegen entwickelt Ansichten, mit denen wir fast in jedem einzelnen Punkte übereinstimmen. In der That kann auch in Preussen, wo man von jeher von den Verwaltungsbeamten eine vollständige juristische Bildung verlangt hat, die Durchführung der hier empfohlenen Einrichtung durchaus keine Schwierigkeiten bereiten.

Selbstverständlich muss jedoch dann eine ganz andere Organisation der ersten Staatsprüfung eintreten. Schriftliche Arbeiten aus dem Gebiete des öffentlichen Rechtes dürfen nicht, wie jetzt, principiell ausgeschlossen sein, es ist vielmehr neben der einen bisher üblichen, meist civilrechtlichen Arbeit noch eine weitere öffentlich

---

*) Schaeffle, zur Frage der Prüfungsansprüche an die Candidaten des höheren Staatsdienstes. Zeitschr. für die gesammte Staatswissenschaft. Band XXIV. S. 601 ff.

**) Nasse, über die Universitätsstudien und Staatsprüfungen der preussischen Verwaltungsbeamten. 1868.

rechtliche oder staatswissenschaftliche zu fordern. Wenn das mündliche Examen sich auf die gesammte Jurisprudenz und ausserdem noch auf Staatswissenschaften erstrecken soll, so mag im Durchschnitt eine Zeit von etwa drei Stunden auf den einzelnen Candidaten gerechnet werden. Am besten wäre es, wenn jeder Candidat allein geprüft werden könnte, jedenfalls muss die Zahl eine möglichst geringe sein, sechs sind unter allen Umständen zu viel. Zu der jetzt in der Regel aus zwei praktischen Juristen und einem Professor bestehenden Commission wäre vielleicht noch ein praktischer Verwaltungsbeamter und ein weiterer Professor hinzuzuziehen, denen die Prüfung im öffentlichen Rechte und den Staatswissenschaften obläge.

Es ist bisher immer nur von der ersten Staatsprüfung die Rede gewesen. Dass die zweite, welche wesentlich die praktische Befähigung des Candidaten feststellen soll, für Justiz- und Verwaltungsbeamte eine verschiedene sein muss, ja dass die beiden Laufbahnen sich bereits während der Vorbereitungszeit zu scheiden haben, erscheint keiner weiteren Ausführung zu bedürfen.

Der preussische Entwurf verlangt auch von den Verwaltungsbeamten, für die das Studium der Staatswissenschaften obligatorisch ist, nur einen dreijährigen Universitätsbesuch. Unzweifelhaft genügt diese Zeit bei ordentlicher Benutzung, wenn man die jetzige Lehrmethode beibehält, nach welcher der Student auf der Universität nur receptiv thätig ist. Soll dagegen ein gehörig durchgeführtes System von Uebungen auf unsern Universitäten eingerichtet werden, so reichen die jetzt üblichen sechs Semester entschieden nicht mehr aus, es müssen ihnen zwei weitere hinzugefügt werden. Da es nun aber auch nicht wünschenswerth erscheint, durch Hinausschiebung der letzten Staatsprüfung die Laufbahn noch mehr zu verlangsamen, so bleibt Nichts übrig, als eine entsprechende Verkürzung der Vorbereitungszeit. Diese erscheint aber auch in jeder Beziehung unbedenklich. Es ist eine gemeinkundige Thatsache, dass die angehenden Staatsbeamten mit einer Reihe von Registratur- und Bureau-, überhaupt mechanischen Geschäften beladen werden, bei denen sie wenig oder nichts lernen, und die ebenso gut, vielleicht besser, von Subalternbeamten besorgt würden. Eine tüchtige wissenschaftliche Durchbildung dagegen erweist sich auch für eine spätere praktische Thätigkeit als ausserordentlich förderlich. Durch die Uebungen werden die künftigen Beamten schon auf der Universität zu einer selbstständigen Thätigkeit erzogen. Und schliesslich möge man sich darüber nicht täuschen, dass die grössere oder geringere praktische Brauchbarkeit des Einzelnen mehr von seiner natürlichen Begabung als von einem Jahr mehr oder weniger Vorbereitungszeit abhängt, während für die wissenschaftliche Durchbildung die Verlängerung der Studienzeit um ein Jahr von sehr grosser Bedeutung ist. Damit jedoch der Studirende genöthigt wird, diese von vornherein in gewissenhafter Weise zu benutzen, erscheint es wünschenswerth, etwa im vierten Semester ein Vorexamen eintreten zu lassen, welches sich auf römisches Recht und vielleicht die Grundlagen der Volkswirthschaftslehre zu erstrecken hätte.

Sollen die Universitäten die Vorbedingungen für eine Ausbildung der Staatsbeamten, wie sie hier verlangt werden, gewähren, so erscheint eine Vermehrung der bisherigen Lehrkräfte nothwendig geboten. In sehr vielen unserer Universitäten besteht nur eine einzige Professur der Staatswissenschaften in der philosophischen Facultät, von deren Vertreter man vorzugsweise die Cultivirung der volkswirthschaftlichen Fächer erwartet. Besondere Lehrstühle für öffentliches Recht giebt es an den meisten Universitäten gar nicht; man glaubt, dass dem Bedürfniss genügt sei, wenn vielleicht der Lehrer des deutschen Privatrechtes oder des Strafrechtes nebenbei eine Vorlesung über deutsches Staatsrecht und etwa noch über Völkerrecht hält. Und doch ist das öffentliche Recht ein Gebiet, welches eine volle und thätige Arbeitskraft für sich verlangt. Auch in dieser Beziehung machen übrigens die süddeutschen Universitäten eine anerkennenswerthe Ausnahme, während man in Preussen diejenigen besonderen Professuren für öffentliches Recht, welche früher bestanden, im Laufe der letzten fünfzehn Jahre zum grössten Theil hat eingehen lassen.

Eine weitere Consequenz der hier gemachten Vorschläge würde die Gründung von juristisch-staatswissenschaftlichen Facultäten sein, d. h. die Herübernahme der Staatswissenschaften aus der philosophischen Facultät, in welcher sie ganz isolirt stehen, in die juristische, zu der sie die engsten Beziehungen besitzen. Diese Einrichtung besteht seit langer Zeit in Oesterreich und der Schweiz und hat sich dort in jeder Beziehung bewährt. Auch Strassburg ist den anderen deutschen Universitäten mit gutem Beispiel vorangegangen. Die Errichtung besonderer

staatswissenschaftlicher Facultäten scheint, obwohl sie noch kürzlich
von hervorragender Seite*) vorgeschlagen ist, wenig empfehlenswerth. Man hat diesen die Aufgabe zugewiesen, speciell für die
Bildung von Verwaltungsbeamten Sorge zu tragen, ein Zweck, der
natürlich fortfällt, wenn ein besonderer Bildungsgang für Verwaltungsbeamte auf der Universität überhaupt nicht besteht. Aber auch deshalb sind die staatswissenschaftlichen, oder wie man sie jetzt noch
gewöhnlich nennt, staatswirthschaftlichen Facultäten nicht zu billigen,
weil sie sich aus ganz verschiedenen Elementen zusammensetzen.
Neben den eigentlich staatswissenschaftlichen Fächern umfassen sie
in der Regel noch die sogen. privatwirthschaftlichen, Land- und
Forstwirthschaft und Technologie, die nicht Staats-, sondern an-
gewandte Naturwissenschaften sind und auch nicht wesentlich für
künftige Verwaltungsbeamte, sondern für ganz andere Personen
gelesen werden. Welches Interesse der Universität knüpft sich
daran, dass bei der Berufung eines Technologen oder eines Lehrers
der Landwirthschaft der Nationalöconom oder der Professor der
Verwaltungslehre mitspricht, während der Physiker und Chemiker
die Befähigung des zu Berufenden viel besser müssen beurtheilen
können? Dagegen ist es von grosser Wichtigkeit, bei Berufung von
Lehrern der Staatswissenschaften die Meinung der Juristen und
bei Besetzung gewisser juristischer Professuren die der Lehrer
der Staatswissenschaften zu vernehmen. Da Jurisprudenz und
Staatswissenschaften wesentlich von denselben Personen gehört
werden, so erscheint eine Verständigung über Zeit und Plan der
Vorlesungen sehr wünschenswerth, und diese erfolgt viel leichter
unter Mitgliedern derselben Facultät, als unter solchen, die
zwei verschiedenen Facultäten angehören. Bei der jetzt bestehenden Einrichtung kann ein Docent entweder nur öffentliches
Recht oder nur die andern Staatswissenschaften zum Gegen-
stande seiner akademischen Lehrthätigkeit machen. Warum aber
dem Einzelnen nicht gestatten, beispielsweise Staatsrecht und etwa
Verwaltungslehre oder Finanzwissenschaft mit einander zu ver-
binden, wenn seine individuellen Neigungen und Fähigkeiten ihm
eine solche Vereinigung wünschenswerth erscheinen lassen?
Dagegen wird es schwerlich Jemanden einfallen, gleichzeitig National-

---

*) R. v. Mohl, über die Errichtung eigener staatswissenschaftlicher Facultäten
in Staatsrecht, Völkerrecht, Politik. Band III. S. 220 ff.

öconomie und Technologie zu lesen. Die Begründung juristisch-
staatswissenschaftlicher Facultäten würde aber endlich noch die
Folge haben, dass eine Promotion nur in beiden Fächern gemein-
sam erfolgen könnte. Darauf mag man hinsichtlich der künftigen
Staatsbeamten und Anwälte, von denen ja der Staat bereits die
nothwendigen Nachweise der Bildung verlangt, weniger Gewicht
legen; von grösster Bedeutung aber ist die Frage hinsichtlich
derjenigen, welche' die academische Laufbahn zu beschreiten ge-
denken. Es könnte dann Niemand als Privatdocent zugelassen
werden, der nicht sowohl rechts- als staatswissenschaftliche Kenntnisse nachgewiesen hätte. Und wer wollte leugnen, dass es
heute unter den akademischen Lehrern noch manche Juristen ohne
hinreichende staatswissenschaftliche und manche Lehrer der Staatswissenschaften ohne hinreichende juristische Bildung giebt?

Es ist bisher immer nur von derjenigen Aufgabe die Rede
gewesen, welche öffentliches Recht und Staatswissenschaften als
Bildungsmittel für den künftigen Staatsbeamten haben. Sie besitzen aber noch eine viel weitergehende Bedeutung. Die Zeiten,
wo die Leitung der Staatsangelegenheiten lediglich in den Händen
des besoldeten Staatsbeamenthums lag, sind vorüber. Das ganze
Volk wird berufen bei der Ordnung seiner Geschicke mitzuwirken.
Durch seine Vertreter im Reichstag und Landtag nimmt es an
der Gesetzgebung, durch Gemeinderäthe und Gemeindevertretungen,
Kreis-, Bezirks- und Provinzialausschüsse an der Verwaltung Theil.
Deshalb darf aber auch die Beschäftigung mit den Staatswissenschaften sich nicht mehr auf das Staatsbeamtenthum beschränken,
dieselben müssen ein Theil der allgemeinen Bildung werden, so
gut wie Philosophie und Geschichte. Schon unsere niederen Lehr-
anstalten haben die Verpflichtung, ihre Zöglinge wenigstens mit
den Grundzügen unseres Verfassungsrechtes bekannt zu machen.
Den Universitäten aber ist die grosse Aufgabe gestellt, allen höher
gebildeten Classen die Möglichkeit einer tieferen staatswissenschaftlichen Bildung zu gewähren. Man kann jedoch von dem künftigen
Arzte, Pfarrer oder Lehrer nicht verlangen, dass er ein völliges
Studium der Staatswissenschaften durchmacht. Es muss ihm vielmehr durch Vorlesungen encyclopädischer Natur Gelegenheit gegeben werden, sich auf dem Gebiete der Staatswissenschaften so weit
zu orientiren, dass er der politischen Entwicklung seines eigenen
und fremder Völker mit selbstständiger Auffassung zu folgen vermag

Viel bleibt noch zu thun übrig, wenn wir dem öffentlichen Recht und den Staatswissenschaften diejenige Stellung im academischen Unterricht anweisen wollen, welche ihnen im Interesse der Vorbildung unseres Beamtenthums und einer gründlichen politischen Durchbildung unseres ganzen Volkes gebührt. Die Universität Jena hat sich von jeher dadurch ausgezeichnet, dass sie neuen Ideen oft mehr als andere zugänglich gewesen ist. Vor Allem zeigt die Jenaer Studentenschaft von Alters her ein lebhaftes Interesse für solche wissenschaftliche Bestrebungen, welche nicht blos dem eigentlichen Brodstudium zu dienen bestimmt sind. Mögen darum auch diese Worte hier eine gute Stätte finden und es gelingen, mit der Zeit einen neuen Aufschwung des Studiums des öffentlichen Rechtes und der Staatswissenschaften an unserer Hochschule zu begründen!

Druck von Fischer & Wittig in Leipzig.